GUÍA DE LECTURA

Escrita por Natalia Torres Behar

La metamorfosis

de Franz Kafka

FRANZ KAFKA

ENTRE LA VIDA Y LA ESCRITURA

- **Nacido en 1883 en Praga (República Checa)**
- **Fallecido en 1924 en Kierling (Austria)**
- **Algunas de sus obras:**
  - *La metamorfosis* (1915); novela corta
  - *Un artista del hambre* (1924), relato corto
  - *El proceso* (1925), novela póstuma
  - *Carta al padre* (1952), publicada póstumamente

Franz Kafka nació en Praga en 1883 cuando ésta era una ciudad provincial del Imperio austrohúngaro. De origen judío y perteneciente a la burguesía de Bohemia, escribió en alemán, aunque también sabía italiano, francés, checo y yiddish. En sus muchas cartas y diarios se describió como un hombre sensible, introvertido y tímido, mucho más parecido a su madre que a su padre. Sin embargo, por presión de este último estudió Derecho y vivió enfrentado al dilema entre tener un trabajo de oficina que le aseguraba la supervivencia y dedicarse a ser escritor. Su obra, casi toda publicada póstumamente por su amigo Max Brod y calificada como expresionista y modernista, es considerada una de las más importantes, influyentes y representativas del siglo XX y sus angustias. Murió en un asilo austriaco en 1924 a causa de la tuberculosis.

LA METAMORFOSIS

EXTRAÑEZA Y ANGUSTIA DE LA VIDA MODERNA

- **Edición de referencia:** Kafka, Franz. 1988. *La metamorfosis*. Bogotá: Alianza editorial
- **Primera edición:** relato escrito en 1912, pero publicado en 1915 en la editorial de Kurt Wolff
- **La primera traducción al español:** escrita en 1943 por Jorge Luis Borges
- **Género:** novela corta
- **Temáticas:** alienación y soledad, fragmentación del hombre moderno, trabajo/vida, familia y sociedad

La metamorfosis (1915) no es solamente el relato más importante de Kafka, sino, quizás, uno de los textos más importantes escritos en el siglo XX y que aún hoy desconcierta y suscita todo tipo de interpretaciones. Ésta es la historia de Gregor Samsa, un vendedor de telas viajante que amanece un día convertido en un monstruoso insecto ante la sorpresa y el terror de sus padres y hermana. A partir de ese momento la vida de todos los miembros de la familia Samsa da un vuelco y el lector se verá enfrentado al miedo, la soledad, la incomprensión y el absurdo mientras comparte las reflexiones de Gregor y es testigo de cómo su vida y conciencia se van transformando. Un texto profundamente simbólico y evocador, nos habla de las complejas relaciones familiares, del aislamiento e impotencia del hombre moderno y de la imposibilidad de ser libres.

RESUMEN

LA VIDA DE GREGOR SAMSA

Gregor es un hombre joven que, a causa de la quiebra del negocio de su padre y de sus consecuentes deudas, se ve obligado a trabajar como vendedor de telas. Su vida consiste, pues, desde hace cinco años, en viajes y madrugadas y en la preocupación constante por proveer para su familia compuesta por sus viejos padres y su hermana. Por lo que el relato nos dice, a Gregor no le gusta su trabajo, pero sabe que debe mantenerlo; es por eso que es siempre responsable, ordenado y puntual. Sus padres, su jefe, sus compañeros de trabajo y todos los que lo rodean confían mucho en él, aunque no conocen su profundo aburrimiento y el miedo que le tiene al jefe, quien se siente superior y maltrata a sus empleados.

LA VIDA DE INSECTO

Es ya famoso el inicio de "La metamorfosis": una mañana, sin ninguna razón, Gregor Samsa se despierta convertido en un monstruoso insecto y, a pesar de ello, intenta seguir con su vida normal: coger el tren, aunque un poco tarde, e ir a mostrar su portafolio de telas. Sin embargo, muy pronto descubre que le queda muy difícil moverse pues no sabe manejar su propio cuerpo, y su familia, detrás de la puerta del cuarto, se empieza a preocupar pues algo no va bien. Dada su inusual demora, el gerente llega a su casa a preguntar qué ha pasado y, como su familia no puede responder, Gregor se siente obligado a explicar que no se sentía bien, pero que ya está mejor y en un rato irá a trabajar. Es en ese momento cuando descubre que no lo entienden y que está haciendo sonidos de animal a pesar de que para él todo suena normal, aunque su voz, debe aceptarlo, está un poco rara. Como no logra comunicarse a través de los muros, Gregor decide que lo mejor es hacer un esfuerzo y abrir la puerta, hazaña que logra usando su mandíbula; sin embargo, apenas sale, asusta a todos y el gerente sale corriendo a pesar de sus intentos de detenerlo. Una vez afuera del cuarto, el padre lo espanta para que se devuelva y él, en un gesto de sumisión y obedicencia, se devuelve bajando la cabeza y haciendo muchos esfuerzos para entrar por la puerta.

Al volver al cuarto, y a partir de una profunda reflexión sobre su pasado y presente, Gregor decide que tiene que asumir su nueva vida y solucionar los problemas que ahora se le presentan. Muy pronto empieza a descubrir la utilidad de sus antenas, cómo su duro caparazón lo protege de los golpes y caídas, y, lo que más lo divierte, a caminar por el techo y las paredes. Además, gracias al cariño y paciencia de su hermana, que a pesar de la repugnancia intenta cuidarlo, descubre sus nuevos gustos alimenticios (los alimentos podridos y los desechos) y que el lugar donde se siente más cómodo y seguro es debajo del sofá, lugar donde se esconde siempre que la hermana entra al cuarto para no incomodarla. Adicional a esto, adquiere la costumbre de escuchar a su familia a través de las paredes y, por sus conversaciones, descubre que su padre tuvo la previsión de ahorrar un dinero y, por lo tanto, aunque su situación no es buena, tampoco es tan grave como él lo presentía, lo cual le da algo de tranquilidad.

Muy pronto, su hermana descubre su nueva distracción y decide que, para ayudarlo a que se mueva con más facilidad, va a quitar los muebles de su cuarto. Para esto, pide ayuda a la mamá, quien no está de acuerdo porque le parece que eso significaría abandonar las esperanzas de recuperar a su hijo. En este momento, Gregor, que está escondido debajo del sofá, empieza a sentir lo mismo: su deshumanización, e intenta hacer entender a su hermana que necesita conservar, por lo menos, un pequeño cuadro de una mujer que tiene colgado. La hermana, sin embargo, no lo entiende, se enfurece con él e intenta que la madre no lo vea. Pero es demasiado tarde y ella se desmaya al verlo en la pared. En este momento, Gregor sale del cuarto para intentar ayudar a su hermana a buscar algo para que la madre se recupere y, en ese momento, llega el padre a la casa. Él toma lo que ve como una agresión por parte de Gregor, pues cree que es incapaz de comprender lo que sucede y, para obligarlo a volver al cuarto, le arroja una manzana que se le queda incrustada en la espalda.

A partir de este momento, Gregor pierde casi absolutamente la movilidad y se queda casi siempre inmóvil en el cuarto esperando a que le lleven su comida, cada vez más escasa y menos interesante para él. Además, la familia, preocupada con los nuevos trabajos que han tenido que asumir para sobrevivir, cada vez lo descuida más y su cuarto se vuelve un espacio para guardar el desorden y las cosas que sobran. Así, Gregor, herido, se va llenando de polvo y suciedad y resignando cada vez más a su suerte de insecto.

SACRIFICIO Y MUERTE

A pesar de que la familia casi no se acuerda ya de cuidar a Gregor, por las noches abren la puerta de su cuarto para que él los pueda ver en el comedor. Esto le da cierta alegría y tranquilidad, aunque la dinámica de la familia ha cambiado y ya las conversaciones no son alegres, sino que reina el cansancio del padre y el trabajo de la madre y la hermana. Una noche, la hermana está tocando el violín frente a los nuevos inquilinos (son tres hombres de los que no sabemos mucho) y Gregor se siente profundamente atraído hacia la música. Ésta lo hace soñar otra vez con su vida humana, con los planes que tenía de mandar a su hermana a un conservatorio sin importar los costos, con enfrentarse a lo que dijera la sociedad, y, en un acto de inconciencia sale del cuarto. Los inquilinos lo ven, al igual que el resto de la familia, y el padre debe persuadirlos para que vayan a su cuarto e ignoren la existencia del bicho. Mientras tanto, la hermana les dice a sus padres que deben aceptar que ese monstruo no es Gregor ya que, si lo fuera, habría entendido la carga que les representa y se habría ido. En este momento, con mucha dificultad, Gregor se da la vuelta y vuelve a su cuarto donde se queda completamente inmóvil y, finalmente, muere. Al día siguiente la criada lo encuentra allí y anuncia la noticia a la familia, que no puede esconder su alegría de haberse librado del enorme insecto. Es por eso que ese día echan a los inquilinos y deciden salir a dar un paseo y no trabajar para celebrar que pueden seguir con sus vidas.

ESTUDIO DE LOS PERSONAJES

Antes de empezar con la descripción de los personajes, es importante decir que, en la obra de Kafka, la mayoría son genéricos y pocas veces hay descripciones muy precisas. Sabemos unas pocas características físicas de ellos y cómo se comportan y reaccionan, lo que nos da pistas de su personalidad, pero muchas veces no tenemos ni sus nombres. En el caso de "La metamorfosis" sabemos que el protagonista se llama Gregor Samsa y que su hermana se llama Grete; sin embargo, el resto de personajes, como el padre o la madre, parecen ser, más bien, tipos: el padre es autoritario, el jefe, por la poca información que tenemos, es déspota y la criada es un poco entrometida.

GREGOR

Es un hombre joven de clase media y sabemos, por una fotografía, que estuvo en el ejército. Ahora es viajante y comercia con telas. Está obligado a trabajar allí porque sus padres tienen una deuda y debe ayudar a pagarla. Él lo hace con gusto y mantiene a toda su familia. Pero odia el trabajo, las dificultades que en él tiene, las incomodidades del viajante, las madrugadas y las exigencias de su jefe. Como se pregunta el narrador, en nombre de Gregor, "¿Por qué estaba Gregor condenado a servir en una empresa, donde la menor falta suscitaba la mayor sospecha?" (Kafka 1988, 19).

Sin embargo, cuando empieza el relato, Gregor se ha convertido en un monstruoso insecto del que el lector tiene que hacerse su propia imagen, ya que las descripciones son escasas. Este insecto tiene una dura coraza, el vientre café, múltiples y flacas piernitas, antenas y una fuerte mandíbula; todo esto el lector lo va descubriendo de la mano de Gregor, quien al principio es muy torpe y no sabe cómo usar su nuevo cuerpo. Aunque en su mente sigue siendo Gregor, ya que tiene lenguaje, pensamiento y memoria, no logra hacerse entender sino que emite ruidos animales. A lo largo de la narración se va deshumanizando y va adquiriendo comportamientos más instintivos y acordes a su nueva condición. Ejemplo de esto es su alimentación, su incomprensión de las cosas que siente, sobre todo la ansiedad, y el hecho de que empieza a dejar de preocuparse por su familia. Se podría decir, entonces, que Gregor acepta rápidamente y con relativa facilidad y calma su nuevo estado, ya que éste lo libera de sus angustias anteriores.

Críticos como Stanley Corngold (1988) han dicho que la mayoría de los personajes kafkianos tienen algo de autobiográficos y que dan pistas sobre su vida familiar, y Gregor no es la excepción. Para empezar su apellido, Samsa, tiene resonancias con el del propio autor, pero, además, vive bajo la sombra de un padre autoritario y se ve obligado por éste a trabajar en algo que odia.

NARRADOR

Aunque el narrador no es un personaje como tal, vale la pena rescatarlo aquí, pues es a través de él como el lector tiene acceso a la historia. Se trata de un narrador omnisciente que, sin embargo, dado el estilo modernista del relato, parece meterse constantemente en la cabeza de

Gregor y narrar desde su perspectiva, desde el encierro en el cuarto y desde la incomprensión de lo que sucede. Esto es particularmente evidente en dos casos: cuando Gregor sale del cuarto y ve a su padre distinto y uniformado y solo ahí el lector descubre, al tiempo que Gregor, que éste ha vuelto a trabajar. El segundo caso es con la muerte de Gregor; durante toda la narración hemos visto cómo al padre se le dice padre y a la madre, madre. Sin embargo, cuando Gregor muere, dado que ya no tenemos su perspectiva, a los padres se les dice señor y señora Samsa como lo haría un narrador impersonal.

LA HERMANA GRETE

Ella es un poco más joven que Gregor: tiene diecisiete años, pero a diferencia de él lleva una vida muy cómoda en la que se dedica a vestirse bien, dormir hasta tarde, ayudar en las labores domésticas, participar en algunas modestas diversiones y, sobre todo, a tocar el violín (Kafka 1988, 53). Ella es la que siempre ha estado más agradecida con Gregor por la vida cómoda que les proporciona y es la que tiene una relación más cercana con él. Al principio, cuando lo ve convertido en insecto, sufre y se preocupa por él. Es quien se encarga de alimentarlo y de ver qué le gusta ahora, además de limpiar el cuarto. Es la única de la familia que entra al cuarto, aunque cada vez lo hace menos y poco a poco lo va olvidando. Es ella quien al final de la narración decide que la familia no puede soportar más la situación, pues ese monstruo no es su hermano, quien solía ser considerado y se preocupaba por la familia (Kafka 1988, 95).

A lo largo de la historia Grete sufre una gran transformación. Pasa de ser una niña consentida y que no hace mucho a una mujer que trabaja y estudia, además de encargarse del bienestar de su hermano en una inversión de los papeles. Ella madura y ha florecido como una mujer que se puede casar y empezar una nueva vida.

PADRE

El padre de Gregor es un hombre sano, pero viejo y un poco gordo, que lleva cinco años sin trabajar (Kafka 1988, 53). Tiene los ojos negros, las cejas espesas y el cabello blanco, lo que lo hace lucir severo. Desde su quiebra y desde que Gregor asumió la responsabilidad de mantener a la familia, pasa sus días leyendo el periódico y siendo atendido por las mujeres de la casa. De él nos dice el narrador que ha tenido una penosa y sin embargo infructuosa existencia (Kafka 1988, 53). A causa de la transformación de su hijo y de que sus ahorros no son suficientes, debe volver a trabajar; así, a lo largo de la historia su rutina va cambiando y debe usar uniforme para ir a trabajar desde muy temprano en un banco.

Desde el principio, él es quien se muestra más agresivo y duro con Gregor (siempre lo ha sido) y es quien se encarga de intentar controlarlo cada vez que sale de su cuarto. Desconfía de él y está convencido de que no puede entenderlos. En una ocasión intenta matarlo.

MADRE

La señora Samsa es vieja y asmática y, a causa de esto, tiene dificultades para moverse (Kafka 1988, 53). Ella está muy preocupada por su hijo, pero debido a su debilidad y a sus nervios, su esposo y su hija le prohíben, en la medida de lo posible, ver a Gregor. En el transcurso de la historia, como los otros miembros de la familia, debe empezar a trabajar y lo hace desde la casa cosiendo. Es un personaje que, en comparación con los otros dos miembros de la familia, no se destaca mucho a lo largo de la historia, aunque Gregor la quiere mucho.

LA SIRVIENTA

Es una viuda vieja y huesuda que no siente ninguna repulsión hacia Gregor (Kafka 1988, 82); por el contrario, siente mucha curiosidad. En ocasiones va a su cuarto furtivamente y en ocasiones lo llama en un intento por persuadirlo a que salga de su escondite, pero Gregor la ignora.

TRES INQUILINOS

Debido a la nueva situación económica, la familia se ve obligada a arrendar algunos cuartos. Los inquilinos que allí viven tienen barba y son quisquillosos y muy ordenados. Ellos son en parte los causantes de que el cuarto de Gregor se llene de cosas, pues quieren que todo se mantenga per-fecto y, además, llevan sus propios muebles y pertenencias. Se van adueñando de la casa hasta el punto de que ocupan ahora el lugar de la familia en la mesa del comedor.

EL GERENTE DEL ALMACÉN Y EL JEFE

Son otras dos figuras de autoridad en la vida de Gregor. El gerente representa al jefe, pues éste nunca aparece, aunque Gregor le tiene mucho miedo y sabe que es un hombre muy exigente, que se molesta por cualquier pequeñez.

CONSIDERACIONES FORMALES

ESTRUCTURA

"La metamorfosis" es una novela corta dividida en tres partes. Cada una de estas tiene una estructura similar y en las tres Gregor intenta salir de su cuarto y es devuelto. Sin embargo, aunque se podría decir que la novela es un poco repetitiva en este sentido, cada una de estas partes, como asegura Kevin Sweeney (1996) trata asuntos distintos y debates aún vivos acerca de la naturaleza humana. En la primera parte, se trata el concepto de la conciencia y su separación del cuerpo, pues a pesar de su transformación, Gregor sigue manteniendo su identidad anterior conformada por recuerdos, percepciones y experiencias, además de su capacidad de raciocinio. En la segunda parte, se trata una explicación más materialista de la vida. En esta parte, Gregor se empieza a confundir cada vez más con un insecto, a adoptar los comportamientos instintivos típicos de un animal e, incluso, según Sweeney (Sweeney 1996, 152), su muerte no tendría más explicación que la coincidencia con el ciclo de vida normal de un insecto. Finalmente, en la tercera parte, se trata la parte social de la identidad, es decir, el desarrollo de la identidad de una persona en tanto ser eminentemente social. Así, con el distanciamiento de todos los miembros de su familia y con su gradual aislamiento, Gregor se va perdiendo a sí mismo, pues toda su identidad estaba construida en torno a complacer a sus padres y hermana y a ser su proveedor y apoyo.

La novela de Kafka, entonces, nos plantea las dificultades de reconciliar estas posturas opuestas y deja la contradicción abierta: "Estas formas de pensar sobre nosotros mismos (como seres conscientes, biológicos o sociales) están lejos de ser esquemas conceptuales compatibles. La novela corta de Kafka hace muy clara esta incompatibilidad" (Sweeney 1996, 153). En esta medida, aunque la obra de Kafka no se caracteriza por sus vínculos directos con los acontecimientos históricos más importantes de la época, se puede decir que sí es un reflejo de las discusiones filosóficas que estaban teniendo lugar, pues el siglo XX se caracterizó por la exploración del ser humano y su mente, en manos de personas tan reconocidas como Sigmund Freud.

ESTILO Y LENGUAJE

Aunque el expresionismo es un movimiento muy amplio y con características muy variadas, la obra de Kafka se considera parte de éste, pues Kafka, como otros expresionistas, defendía una visión del arte más personal e intuitiva en la que el artista intentara expresar su interioridad más que reflejar la realidad, como hacía el impresionismo. En esta vanguardia primaba la expresión subjetiva de las angustias de la vida moderna, la irracionalidad y una visión trágica y pesimista de la vida. Tal como dice José Martín Cristancho en su estudio introductorio a la obra de Kafka (1997), para él escribir fue una opción de vida y un espacio para el espíritu, continuo, infinito, laberíntico y sin puntos definitivos (Martín Cristancho 1997, 46). La escritura era su obsesión, pues era a la vez espacio de libertad en una vida dominada por el trabajo y la necesidad de sobrevivir y motivo de constantes angustias y frustraciones, pues nunca le parecía que sus textos estuvieran perfectos. Por ese motivo la escritura para él fue siempre contradictoria, pues no podía vivir sin ella, pero escribir fue muchas veces también un trabajo tortuoso y poco gratificante.

El estilo de Kafka se puede clasificar también como modernista, pues, al igual que escritores como Virginia Woolf o James Joyce calificados de este modo, hizo uso de estrategias narrativas novedosas para su época, sobre todo del discurso libre indirecto. Aunque éste tiene variadas manifestaciones en la literatura, de manera general se puede decir que consiste en un estilo narrativo en el que en la voz de un supuesto narrador omniscientes se insertan enunciados, ideas o pensamientos propios de algún personaje. En el caso de "La metamorfosis", como se ha dicho más arriba, esta confusión de voces (entre el narrador y Gregor) es evidente, pues aunque hay toda una familia y una vida exterior, el lector tiene acceso casi exclusivamente a lo que pasa en el cuarto de Gregor y a sus pensamientos, ideas y acciones, que se ven ocasionalmente interrumpidos por la entrada de alguien al cuarto. Esto se va haciendo más evidente con el transcurso de la historia, en la que el lector parece ir de la mano de Gregor en los pequeños descubrimientos que va haciendo sobre los cambios a su alrededor.

Tanto el modernismo como el expresionismo coinciden temporalmente con el fin de siècle, entendido este como un momento de aguda crisis y decadencia en todos los ámbitos y como un momento de cambio y contraste entre un viejo mundo (el del siglo XIX) que se acababa y el nuevo, que traería tantos cambios políticos, sociales, culturales y económicos así como guerras y revoluciones. Esto hacía de la época un tiempo de crisis que se sentía en muchos ámbitos. Prueba de esto es la Carta a Lord Chandos de Hugo von Hofmannsthal, texto que marcó la obra de Kafka y que habla de la crisis del lenguaje. Esta crisis consistía en el descubrimiento de la incapacidad del lenguaje para expresar de forma adecuada la experiencia humana, sobre todo esta nueva experiencia de transición a una sociedad industrial. El lenguaje, por lo tanto, debía buscar nuevos rumbos y formas, debía explorar y experimentar y oponerse a los viejos órdenes e ideas. Sobre "La metamorfosis" se puede decir que estos intentos se evidencian en las frases largas y laberínticas, en los enunciados confusos, que intentan recrear el flujo del pensamiento de manera verosímil, desordenado y desarticulado como a veces puede ser.

Relacionado con lo anterior y con la búsqueda de nuevas formas de expresión y comprensión de la experiencia humana, críticos como Stanley Corngold (1996) y David Constantine (2002) han dicho que la escritura de Kafka y el sentido de la historia parecen residir, en gran medida, en la sensación de intranquilidad que produce y la imposibilidad de comprender realmente de qué se trata "La metamorfosis". Su objetivo es irritar al lector, no dejar su mente quieta y relajada con una historia clara, sino perturbarlo y obligarlo a pensar, a intentar construir un sentido, así esto al final sea imposible. Como asegura Cristancho (1997), para Kafka la escritura en sí misma era un proceso de descubrimiento de la verdad; una verdad que, por eso mismo, no existe antes y que no busca ser revelada, pues es imposible. Kafka, entonces, juega con el lector todo el tiempo, pero al final le deja la decisión a él sobre qué sacar de esta historia, a qué conclusiones llegar y a decidir dónde reside la verdad de la historia de Gregor Samsa. Historia que, como dice Corngold es desconcertante por varios motivos, pero sobre todo porque el lector nunca sabe si confiar en el narrador y, por lo tanto, siempre tendrá la duda de si la historia de Gregor es real o si es un producto de su mente trastornada (Corngold 1996, 86).

Esto, en últimas no es tan importante y lo que queda, como asegura David Constantine, es la metáfora (la del insecto) como forma de conocimiento. Lo que sucede, según Corngold, es que la metáfora se hace literal (Corngold 1996, 82). ¿Cuál metáfora? La usada comúnmente cuando alguien es diferente o extraño y se dice que parece un bicho. Esto es exactamente lo que le pasa no solo a Gregor, sino también a Kafka, y es ese sentimiento de no pertenencia, de que hay algo que va mal y no encajan en la vida que les tocó vivir. Sin embargo, la metáfora no está completa, asegura Corngold, pues si lo estuviera, tendríamos simplemente a un bicho y no a uno que, a pesar de su apariencia, tiene pensamiento humano. Es eso, justamente, lo que hace a Gregor tan monstruoso: que esté a mitad de camino entre un insecto indeterminado y un humano y no lo podamos clasificar del todo en ninguno de los dos lados, que esté en constante flujo y todo quede a la imaginación del lector.

CLAVES DE LECTURA

Como ya se dijo, "La metamorfosis" es un relato complejo que ha despertado toda clase de interpretaciones y discusiones. En esta sección, se intentará dar un panorama general de las discusiones e interpretaciones más importantes y relevantes de la obra, sin por eso querer cerrar los múltiples sentidos que puede tener.

LA ALIENACIÓN DEL HOMBRE MODERNO

Tal como dice Bill Dodd en su texto "The Case for a Political Reading" (2002), "que la alienación en el centro de 'La metamorfosis' es discerniblemente material y social y está íntimamente conectada con la naturaleza y condiciones de empleo, es indisputable" (Dodd 2002, 135). Entonces, se puede asegurar que la conversión de Gregor en un enorme insecto es simbólica y tiene que ver con cómo el trabajo lo va alienando en términos marxistas. Según Marx, en una economía capitalista el trabajador no vale como persona, sino como mano de obra medible en dinero. El trabajador, entonces, no trabaja para sí mismo y para satisfacer sus necesidades, sino que lo hace para un empleador que le paga un salario a cambio de utilizarlo. Además, el trabajador hace parte de una cadena que incluye a otros trabajadores y que genera que muchas veces ni siquiera conozca el producto final de su mano de obra, al tiempo que lo aísla de sus compañeros y destruye la cooperación, pues se premia la competencia y el rendimiento individual. En resumen, la alienación sería la deshumanización de los trabajadores, pues se convierten en máquinas de producción que se desconocen a sí mismas y su potencial y no son dueñas de sus propias vidas. Si leemos con atención, podemos decir que es esto exactamente lo que le pasa a Gregor, quien no trabaja para sí mismo sino para su jefe y su padre en un trabajo que no le deja tiempo para nada más, pues absorbe todo su tiempo y su energía, al tiempo que los jefes no están preocupados por sus empleados, sino solo por su capacidad para rendir y ser productivos. Gregor, entonces, se ha convertido en un bicho, en un no humano.

Sin embargo, lo que justamente lo hace bicho, lo hace extraño en su mundo, es que él, a diferencia de otros empleados tiene conciencia de lo que le está pasando y sufre mucho por ello. Entonces, en realidad, su conversión en insecto sería una forma de rebeldía contra un sistema que lo oprime y no le permite ningún tipo de libertad. Como dice Ruth Gross "Gregor Samsa se convierte en una enorme alimaña para evitar enfrentar el hecho desagradable de tener que ir a su trabajo" (89). Así pues, la condición de insecto de Gregor haría referencia tanto a cómo se siente él en un mundo donde solo importa que produzca, así como al hecho de que, en efecto, por su auto conciencia se sale de lo que esperan de él. De ahí que autores como Garaudy (2002) aseguren que, a pesar de que Kafka no haga referencia explícita a los eventos políticos de su época, textos como "La metamorfosis" pueden ser clasificados dentro de un realismo crítico, pues, sin duda alguna, hay en ellos una conciencia subyacente y una invitación a reconocer esa alienación y sus consecuencias para los seres humanos. Este era, por supuesto, un tema socio-político muy importante de la época y se podría decir que, en realidad, a pesar de que en principio parezca un texto del absurdo, Kafka logra una imagen muy fiel de lo que pasaba y del sentimiento general de impotencia, aislamiento y fragmentación.

Sobre la muerte de Gregor, bajo esta luz, habría dos cosas que decir. Por un lado, se podría asegurar que Gregor como insecto tiene que morir para restaurar un orden natural. Básicamente, su existencia, lo que piensa y su diferencia, lo hacen no apto para vivir en ese mundo. Al tiempo, se puede decir, por otro lado, que la muerte es la única salvación posible para Gregor. Es convirtiéndose en un insecto, pues es un "bicho raro" en la sociedad a la que pertenece, y muriendo después, la única forma en la que puede salvarse, salvar su diferencia y, finalmente, encontrar en la muerte una liberación.

REBELIÓN CONTRA EL ORDEN ESTABLECIDO

Dice Theodor Adorno en su ensayo "Notes on Kafka" (1967) que la mayoría de lo que el autor escribió es una reacción al poder ilimitado, tanto patriarcal como socio-económico y "La metamorfosis" no es la excepción. Como se dijo más arriba, Gregor parece convertirse en insecto por ser esta su última alternativa de rebeldía contra el orden imperante. Orden caracterizado por la total obediencia y sumisión a su padre, a las necesidades económicas de su familia y, por lo tanto, a su jefe. La única manera de librarse de sus responsabilidades y de conseguir algún tipo de libertad es convirtiéndose en insecto, libertad que vemos, por ejemplo, en los momentos en que la única preocupación de Gregor es trepar por las paredes o quedarse en el techo donde siente que puede respirar mejor. Su animalización es una liberación de los problemas humanos, desde el trabajo y la culpa, hasta la muerte y la auto-conciencia. Liberado de las deudas y preocupaciones financieras, así como de la presión paterna, se puede dedicar a jugar, a comer y a pensar en su condición.

Entonces, se podría decir que la conversión de Gregor es una forma de crítica a la familia y lo que representa; hechos que siempre estuvieron muy presentes en la vida de Kafka, quien sentía, como asegura Cristancho, que la familia es una institución social perversa que propicia el abuso de poder. Esto, en el caso de Gregor, es absolutamente claro incluso cuando él ya se ha convertido en insecto; pues si antes le debía obediencia a su padre y por ello debía trabajar para pagar sus deudas, ahora como insecto debe obedecerle a riesgo de ser lastimado. El poder e importancia de la familia es tal, que Gregor solo puede mantener el honor de ella sacrificándose. Y se sacrifica siempre, tanto literal como metafóricamente: se sacrifica tanto en el trabajo que detesta, como cuando decide morir para que su familia pueda continuar teniendo una vida honrada y sin vergüenza.

Esta rebelión contra el padre, este convertirse en insecto como última alternativa, puede interpretarse, también como una rebelión más amplia; no solo contra el padre, sino contra todo lo que éste significa: la tradición y la autoridad, es decir, la sociedad anterior a la Primera Guerra Mundial. Como se ha sugerido en otras partes de este texto, el tiempo de Kafka fue un momento de grandes cambios y convulsiones en Europa, y los artistas en Viena y los centros intelectuales intentaban darle sentido a lo que estaban viviendo. Esto se manifestó en una búsqueda estética que fuera diferente y se opusiera a lo que hasta ese momento había y que se manifestó en una relación más íntima del artista con su obra y en una intención, como podemos ver en Kafka, de plasmar su interioridad y sus angustias más profundas.

LA IMPOSIBILIDAD DE COMUNICARSE

Como se dijo más arriba, otro de los temas que obsesionó a esta generación de artistas fue que, a pesar de su deseo de expresar lo que pasaba en su interior, el lenguaje les parecía insuficiente para hacerlo. Así, se enfrentaron siempre a esa paradoja. Esto parece expresarse en "La metamorfosis" de varias maneras. En primer lugar, y el más obvio hecho, es que Gregor cree estar hablando de forma inteligible y, sin embargo, su familia y el gerente lo único que oyen son ruidos. Así, desde el principio nos enfrentamos al primer gran abismo que se abre entre Gregor y su familia y es que a pesar de que él los entiende, está encerrado dentro del cuerpo de un insecto y no puede hacerse entender. Incluso cuando usa gestos como bajar la cabeza en señal de obediencia, su familia nunca reconoce en eso gestos de comprensión o capacidad mental y, por eso, al final, les queda más fácil olvidarlo.

En segundo lugar, la incapacidad de relacionarse con el mundo exterior se manifiesta en las habilidades limitadas de Gregor y en su perspectiva reducida (Constantine 2002, 21), además de en su casi absoluta quietud después de los accidentes. A pesar de que tiene su raciocinio, sus recuerdos e, incluso, su personalidad de siempre, nada de esto le sirve a Gregor para interactuar con el mundo. Entonces, el lector es testigo de cómo sus habilidades humanas le son absolutamente inútiles, al tiempo que como insecto va empezando a sentirse más cómodo. Es así como el aislamiento de Gregor se va haciendo cada vez más radical y va quedando solamente con su vida interior.

LA RELACIÓN CON EL ARTE

Llaman la atención dos momentos particulares del relato en los que, tal vez, se puede entrever una postura estética de Kafka. El primero es cuando la hermana y la madre de Gregor están quitando todos los muebles de su cuarto para que él se pueda mover libremente y, con los comentarios de su madre, Gregor recuerda su pasado de humano y decide que lo que más quiere salvar, y se arriesga a que lo vean y lo desprecien, es un pequeño marco con un recorte de una mujer vestida en pieles. El segundo es casi al final cuando Gregor oye a su hermana tocar el violín y se siente tan atraído por la música, que empieza a soñar con su vida pasada y, en un arrebato, sale del cuarto sin importarle las consecuencias. Dados estos dos momentos, que tienen algunos elementos en común, como la atracción hacia un objeto artístico y el riesgo de ser visto y despreciado, se puede decir que el arte juega un papel importante en este relato, a pesar de que hay otros de Kafka en los que esto es más evidente.

Se podría decir que, como también le pasa a Kafka en su vida, el arte es lo que le recuerda a Gregor su humanidad. A pesar de que ahora sea un bicho, de que casi no recuerde quién es y de que todo le da igual, en el arte recobra su sensibilidad y es lo que lo mueve a arriesgar incluso su vida.

Ante la deshumanización que implica el trabajo y la vida
moderna, es en el arte donde Gregor encuentra un resquicio
de humanidad y una cierta redención. A pesar de los dolores
y los riesgos, parece querer decirnos Kafka, el arte es lo
único que nos puede salvar y recordarnos quiénes somos. Es
la única manera de superar la alienación.

PISTAS PARA LA REFLEXIÓN

ALGUNAS PREGUNTAS PARA PROFUNDIZAR EN SU REFLEXIÓN...

- En su opinión, ¿a qué responde el éxito de "La metamorfosis" y que sea considerado un clásico?
- Varios críticos han investigado el género en la obra de Kafka y cómo los roles de sus personajes parecen no ajustarse siempre a su sexo. ¿En qué medida se puede ver la subversión de los roles de género en "La metamorfosis"?
- ¿Cree usted que la sensación se ser un bicho raro es una experiencia común al ser humano? Justifique su respuesta con ejemplos.
- Autores como Borges y Monterroso hablaron de la importante influencia que ejerció Kafka en su obra. ¿De qué manera cree que se ve esto en sus respectivos trabajos literarios?
- Algunos críticos han hablado de la sexualidad reprimida de Gregor y cómo esta se manifiesta en su relación con el cuadro de la mujer y en el rapto que tiene cuando su hermana toca el violín. ¿En qué medida está de acuerdo o no con estas afirmaciones y por qué?
- ¿Qué relación se puede establecer entra "La metamorfosis" y la literatura del absurdo?
- ¿Qué relación se puede establecer entre este relato y obras como "La metamorfosis" de Ovidio u otras metamorfosis en el cine, la literatura o la mitología?
- Analice el cuadro "El grito" (1893) de Edvard Munch y piense qué relaciones se pueden establecer entre esta pintura y "La metamorfosis" dado el carácter expresio-

nista de las dos.

- ¿Qué nos puede decir "La metamorfosis" sobre la vida contemporánea?
- ¿En qué medida nos podemos relacionar todos con la historia de Gregor?

¡Su opinión nos interesa!
¡Deje un comentario en la página web de su librería en línea,
y comparta sus favoritos en las redes sociales!

PARA IR MÁS ALLÁ

EDICIÓN DE REFERENCIA

- Kafka, Franz. 1988. *La metamorfosis*. Bogotá: Alianza editorial.

FUENTES COMPLEMENTARIAS

- Anderson, Mark M. 1996. "Sliding Down the Evolutionary Ladder? Aesthetic Autonomy in The Metamorphosis". *Kafka, Franz. The Metamorphosis. A Norton Critical Edition*, 154-171. Nueva York: Norton & Company.
- Brady, Martin y Helen Hughes. 2002. "Kafka Adapted to Film". *The Cambridge Companion to Kafka*, 226-241. Nueva York: Cambridge University Press.
- Bruce, Iris. 2002. "Kafka and Popular Culture". *The Cambridge Companion to Kafka*, 242-246. Nueva York: Cambridge University Press.
- Constantine, David. 2002. "Kafka's Writing and Our Reading". *The Cambridge Companion to Kafka*, 9-24. Nueva York: Cambridge University Press.
- Corngold, Stanley. 1996. "Kafka's The Metamorphosis: Metamorphosis of the Metaphor". *The Metamorphosis. A Norton Critical Edition*, 79-107. Nueva York: Norton & Company.
- Cristancho, José Martín. 1997. "Estudio introductorio". *La Metamorfosis. La condena. En la colonia penitenciaria*, 9-35. Bogotá: Editorial Panamericana.
- Dodd, Bill. 2002. "The Case for a Political Reading". *The*

Cambridge Companion to Kafka, 131-149. Nueva York: Cambridge University Press.

- Gross, Ruth V. 2002. "Kafka's Short Fiction". *The Cambridge Companion to Kafka*, 80-94. Nueva York: Cambridge University Press.
- Kafka, Franz. 1996. *The Metamorphosis. A Norton Critical Edition*. Traducido y editado por Stanley Corngold. Nueva York: Norton & Company.
- Kafka, Franz. 1997. *La Metamorfosis. La condena. En la colonia penitenciaria*. Traducido por Marta Kovacsics Mészáros. Bogotá: Panamericana.
- Preece, Julian (Editor). 2002. *The Cambridge Companion to Kafka*. Nueva York: Cambridge University Press.
- Preece, Julian. "Introduction: Kafka's Europe". *The Cambridge Companion to Kafka*, 1-8. Nueva York: Cambridge University Press.
- Santner, Eric. 1996. "Kafka's Metamorphosis and the Writing of Abjection". *The Metamorphosis. A Norton Critical Edition*, 195-210. Nueva York: Norton & Company.
- Sweeney, Kevin W. 1996. "Competing Theories of Identity in Kafka's The Metamorphosis". *The Metamorphosis. A Norton Critical Edition*, 140-153. Nueva York: Norton & Company.

LECTURAS RECOMENDADAS

- Corngold, Stanley. 1996. "Kafka's The Metamorphosis: Metamorphosis of the Metaphor".
- Adorno, Theodor. "Notes on Kafka".
- Landsberg, Paul-Louis. "Kafka y La metamorfosis".

ResumenExpress.com

Muchas más guías para descubrir tu pasión por la literatura

www.resumenexpress.com